_____ 님께

김 호 길 드림

사막시편

1943년 경남 사천 출생.

1967년 《시조문학》 3회 추천으로 등단.

사천초등, 사천중, 진주고, 경상대농학과, 건국대대학원경제학과, UCLAExecutive Management Course, UC DAVIS Organic & Conservative Farming Course 수료.

육군 조종사, 월남전 헬기 조종사, 대한항공 보잉707, 보잉747 국제선 조종사 역임. 81년 도미 후 미주 중앙일보 문화 담당 기자. 84년 초부터 현재까지 국제농업에 종사. 로스앤젤레스에서 농업 유통 회사, 멕시코 바하캘리포니아 라파스 근교에서 국제농업 회사 운영 중.

시집 『하늘 환상곡』 『수정 목마름』 『절정의 꽃』 등.

《미주문학》 주간, 《시조월드》 발행인, 《문학과의식》 편집위원.

한국문인협회 이사, 미주한국문인협회 회장, 세계시조사랑협회 명예회장, 세계한인작가연합 공동대표. 어린이시조사랑 운동을 주도하여 '세계시조사랑축제'를 울산, 부산, 마산, 진주 등지에서 개최.

미국 펜클럽 PEN AMERICA 회원, 미조종사협회(AOPA) 회원, ACADEMY of AMERICAN POET 회원, 미월남전 참전 헬리콥터조종사협회 회원, 한국과 미국 운송용조종사(ATP) 면허 보유. 총 비행시간 약 1만 시간 보유. 금년 전업 작가를 선언하고 창작에만 몰두하고 있음.

현재 한국, 미국, 멕시코 3개국을 바꾸어 살고 있고 글로벌 집시로 황야(The Center of Wildness)를 돌며 살기도 하고 멕시코 바하캘리포니아 사막의 야자수로 지은 초막에서 창작에 몰두하며 보내기도 함. 국내에서 창작 여행과 산행을 즐길 때도 있음.

김호길 시집

책 만 드 는 집
시인선 029

사막 시편 詩篇

책만드는집

오래고 먼 모국어의 경작耕作
─김호길 시의 우주

이근배 시인·대한민국예술원회원

붓을 쟁기 삼아 하늘을 갈며 모국어를, 모국어의 시를 씨 뿌리고 꽃 피워온 김호길 시인이 그 넓고 먼 우주를 한 바퀴 돌고 이제 지상으로 귀환했다. 『사막시편』은, 그가 한국 최초의 파일럿 시인으로 '구름밭 일기'를 연작해온 저 40년의 긴 시간을 넘어, 목마른 사람들의 땅에서 다시 붓을 삽과 괭이로 삼아 이 시대의 삶의 풍경을 캐내는 금은金銀의 시편들로 채워져 있다.

김호길 시인은 하늘길로 지구를 무수히 감돌았을 뿐 아니라 태평양을 건너서 아메리카 대륙에서 농투성이로 시의 땀을 흘리기도 했다. 올해로 50년의 시력詩歷을 맞는 김호길 시인의 여정은 거의 빈틈없이 새로운 세계에 대한 열망과 도

전, 그리고 변천과 생성의 연속이었다. 1963년 개천예술제에서 장원으로 시단에 첫발을 내딛은 이후, 육군 항공 조종사로 전방 후방 지역, 육군항공학교 교수부에 근무했으며 미 항공학교를 마치고 헬기를 몰고 월남전에 참전했다. 그리고 대한항공 조종사로 세계의 곳곳을 날아다니며 시의 날개를 펼쳤다.

이 땅의 시인들, 아니 인류의 시인들 가운데도 김호길 시인만큼 시간과 공간을 무한대로 확장한 이가 있었던가. 그가 비행했던 거리와 시간은 곧 시적 사유의 깊이와 넓이를 제공했을 것이고 그가 낯선 이국의 땅에서 흘린 노동의 땀방울은 좁은 내 나라의 울타리 안에서 경작하는 곡식과는 달리 혹독한 삶의 깨달음과 치유를 낳게 했을 것이다.

이곳의 무생물은
있는 그대로 숭고하다.
살다가 죽은 것은
그 여정이 눈부시고
아직도 숨 쉬는 모두는
그 투쟁이 거룩하다.
―「사막시편―생과 사」 전문

왜 사막인가! 전갈과 선인장이 지키는 저 끝없는 모래벌 판, 사람이 살 수 없는 그곳—다름 아닌 오늘 빌딩 숲이 우거지고 풍요와 환락이 들끓는 이 문명도시가 그의 눈에는 사막으로 비친 것이리라. 이 여섯 행의 짧은 평시조 한 수는 '생과 사'라는 부제가 말하듯 살아 있음만이 아니라 죽음도 "눈부시고" "숨 쉬는 모두는" "투쟁"인 것이다.

슬픔이 너무 크면
눈물도 마르고 만다.
눈물은 영혼의 사치
기댈 수 있어야 눈물도 있다.
기댈 곳 절망뿐이어라,
물 한 방울 없는 사막.
　—「사막시편—슬픔이 너무 크면」 전문

김호길 시인에게 있어 길은 너무 많았고 또한 멀었다. 어찌 승리만 있고 패배가 없었겠는가. 승리와 패배를 넘고 희망과 좌절을 모두 안고 그는 저 하늘의 구름밭에서 사막의 땅으로 내려왔고, 언어와 풍속이 다른 이국땅에서의 투쟁을 접고 내 나라의 국적을 되찾고 고향의 품으로 돌아왔다. 그가 지나온 역정에서 "눈물은 영혼의 사치"일 뿐이었다. 그 절망의 벽을 극복할 수 있었던 것은 오직 모국어였고 모국어의 시인 시조였다.

> 천명天命도 모른 채
> 이순耳順도 훌쩍 지나
> 서릿발 들국처럼
> 낼 모레가 종심이라네.
> 종소리, 비수 같은 종소리
> 제발 나를 깨워다오.
> ―「사막시편―종심이 낼 모랜데」전문

공자가 나이 일흔이면 "마음 내키는 대로 해도 법도에 어긋남이 없다從心所慾不踰矩"라고 했다. 이제 고희에 이르러 돌아보니 아직도 못 깨우친 일, 못다 한 일이 쌓여 있는 것은 그만의 일은 아닐 터. 그래서 "종소리, 비수 같은 종소리"를 듣고 싶어 한다. 너무도 멀고 오랜 여정을 돌고 돌아온 김호길 시인의 화두가 여기서 시작된다. 우주를 편력하고 지상에서의 날 선 싸움을 하며 하늘과 땅의 시를 생산해온 김호길 시인의 타오르는 시의 불길에 눈멀며 반가움과 고마움의 포옹을 전한다.

| 차례 |

2부

3부

4부

5부

1부

사막시편

-엽서

꽃잎 지듯 무지개 사위듯
훌쩍 가버린 인생의 봄날

풀빛 엽서 한 장
바람결에 띄우노니

산수유 눈망울 같은
그대 안부 그립다.

사막시편

－난타亂打

내 몸은 나의 혁명정부
번번이 탈출을 시도했다.
겨우 낡은 시대를 몰아내고
새 깃발을 올렸지만
우수수 시간의 화산재
허옇게 머리를 덮고 있다.

사막시편
－꽃길

기쁘고 슬프고 때론 고통에 절룩거린
그 모든 여정이 이젠 그리움이 된다.
돌아와 다시 선 그 자리 그 모두 꽃길이 된다.

사막시편

−낙타를 위하여

두 눈은 시나브로 슬픔의 호수였다.
천부天賦의 등짐을 지고 발길 따라 걸었다.
불타는 사막과 구릉, 구릉과 사막을 건너며.

시도 때도 없는 뿌우연 황사 바람 속
뚜벅뚜벅 걸음을 옮겼다. 오아시스를 그리며
한 모금 목 축여 우러러볼 그 찬란한 성좌도星座圖.

무슨 기도의 말씀 싸한 노을로 감기고
걷다가 또 걷다가 선 채로 영원이 되리니
한 마리 낙타가 새긴 불멸의 입상立像이여.

사막시편

－모나크 나비

왜 그들이 수천 킬로를 내려왔다 올라가는지.
이주지는 무엇이며 다시 고향은 또 무엇인가.
날개 밑 쉬는 그 땅이 어쩌면 고향 아니겠나.

묻지 말아라, 나비에게 그 여행이 무엇인지.
자연의 리듬 따라 그냥 날았을 뿐인데.
가냘픈 목숨을 담보로 그냥 날았을 뿐인데.

날개 밑으로 시간을 보내고 날개 밑으로 지구를 보내고
죽고 사는 그 문제는 어쩌면 본능 밖 아닌가.
나비가 몸으로 그리는 하늘하늘 신비여!

사막시편

－방울뱀

그를 곧추세운 것은
언제나 꼿꼿한 오기
흔들리는 방울 소리는
제 영혼을 깨우나니
저 홀로 저를 다스려
독주머니 끼고 다닌다.

사막시편

- 벌새

가녀린 제 한 몸 가누기 그렇게 어렵던가.
번개인 양 날고 또 날고 안간힘으로 살았는데
부동의 망중한忙中閑도 있구나, 아 예쁜 너의 찰나.

사막시편

-루이비똥 Louis Vuitton

요즘은 짝퉁이
진품을 능가한다는데
제대로 된 시 한 편
구워내지 못한 나는
분류를 어디로 할지
영 헷갈리고 있네.

사막시편

−산의 비상飛翔

누가 산중중山重重하며
날 붙들어 두려는가.

숲마다 잎새마다
새 떼마냥 나는 시늉

깊은 밤 별빛 푸른 신호로
은한강을 넘나든다.

원죄인가 무슨 힘이
날 묶어두었지만

구만 리 장천까지
내 죽지는 뻗어 있고

바람 탄 대붕이 되어
시공時空 밖을 넘나든다.

사막시편

-섬

식구들 다 어디로 먼 나들이 떠난 방에
어지러운 서책 속을 섬인 양 흔들리고
거북이 등짐을 지듯 고요 지고 앉았다.

실로 오랜만에 호올로 찾은 화평
약간은 쓸쓸한 듯싶은 외로움도 삭여서
수밀도 향기를 빚듯 시를 빚고 앉았다.

사막시편

-억새

햇볕과 바람 그 무엇도 날 붙잡지 말아라.
손바닥엔 가시가 있고 가슴엔 비수를 품고 있다.
전갈의 매서운 독毒도 주머니 가득 들어 있다.

내가 하늘을 향해 하얗게 춤추는 것은
무량한 자유가 무엇인지 하늘에 고하는 의식
그냥 그 신들린 춤을 멀리서 바라만 보게나.

사막시편

-절망에 기대어

기댈 곳 절망뿐일 때
절망에라도 기대야지.
구름이 석양에 기대듯
서산이 노을에 기대듯
기댈 곳 지푸라기도 없을 때
너 절망 품에 기대야지.

사막시편

-절망이 절망에게

절망이 산만큼 높고
절망이 하늘에 닿을 때
큰 절망 작은 절망
까마득 불러들여
그렇게 어깨동무하네,
그래서 장엄莊嚴할 수 있네.

사막시편

-종심이 낼 모렌데

천명天命도 모른 채
이순耳順도 훌쩍 지나
서릿발 들국처럼
낼 모레가 종심이라네.
종소리, 비수 같은 종소리
제발 나를 깨워다오.

사막시편

―파도의 말

억조창생億兆蒼生이란 말 있는데
파도 너희가 꼭 그렇다.
나도, 나도, 나도, 나도,
눈 맞춰달라는데
도대체 누구와 말해야 하나
내 고민이 실로 깊다.

2부

사막시편
−물레방아 도는 풍경

바람에 문짝 덜컹대는
사막 외딴 주막집
낡은 사진틀 속의
물레방아가 돌고 있다.
쪼르르 새끼 오리 떼
연방 물살을 젓고 있고.

잠시 들른 지친 영혼들
푸른 숲을 떠올리고
폭포수 앞에 선 듯
푸른 바람을 느끼는가.
빛바랜 사진 속 풍경
마른 사막을 적시고 있다.

사막시편

내 고향 도랑물에
빙빙 돌던 물방개
남의 나라 사막에는
독수리, 네가 물방개네.

눈 감고
우러러보면
비잉빙 더욱 선명한.

사막시편

-조각달

옛날 옛적 고향 우물물
담아 마신 바가지.
내가 그걸 잊을까 봐
동녘 하늘에 띄웠나.
이제는 하늘 호수 물
실컷 마시라 하네.

사막시편

― 삐삐꽃

고향은 그리운 등불
어둠 속을 비추는 등불
한세상 떠돌던 바람
돌아오는 동구 밖을
저마다 하얗게 밤을
피워 올린 삐삐꽃.

삐삐꽃 뽑아 물면
가느단 피리 소리
건너 다복솔 숲을
번져나는 꾸꾹새 울음
내 눈물 마른 세월을
삐삐꽃이 흔들린다.

사막시편

-허망한 아름다움

꿈속에도 꿈이 아니길 간절히 빌었다.
반쯤 소스라치고 반쯤 기절하는
그 순간 꿈이 깨었다. 오 허망한 아름다움.

사막시편

-관계

손오공이 부처님 손바닥을 벗어날 수 없듯
나도 당신의 인력권을 벗어날 수 없구나.
달무리 달을 껴안고 비잉빙 돌아가듯.

사막시편

−금고기

자주 나는 새는
그물에 잘 걸리고
그물에 걸린 금고기는
대어라서 값나가는데
오늘은 붙잡힌 금고기 되어
이 여름을 견디네.

사막시편
－산山애

누운 소마냥 드러누워 명상하는 산아!
뱀처럼 구불구불 기어 달아나는 산아!
그중에 독사처럼 우뚝 고개 쳐든 산아!

해와 달은 널 위해 돌고 또 돌았느니.
별무리도 또 널 위해 밤새워 등을 달고
바람은 무시로 불어 죽비 치고 지나노니.

사막시편
−시의 별밭 아래

불혹 무렵에도 철 못 들어
고향 떠난 삼십여 년
세운 것도 이룬 것도
다 허망한 몸짓인데
난감한, 참으로 난감한
그런 순간을 가누고 섰네.

사막시편

-야자수

새순을 올려놓고 늙은 잎은 말라 죽는다.
그렇게 한 뼘 한 뼘 위로 위로 발돋움한다.
마른 잎 죽음을 딛고 춤추는 푸른 이파리.

사막시편
-유성

난 아마 몇억 광년 밖
먼 별나라 사람.
고국에서 늘 이방인
이국에도 늘 이방인
빛 긋는 유성이 되어
또 떠나는 꿈을 꾼다.

사막시편

－전갈좌

가재처럼 생겼으면 개울로 보내든지
게처럼 생겼으면 바다로 보내든지
어째서 마른 바위 밑으로 날 보내주셨나요?
꽁지에 독을 담아 치켜들고 싸우라고
애당초 전사戰士로 보내신 그 뜻은 무언가요?
"녀석아, 그게 싫으면 별이 되어 박혀라."

사막시편
-한 그루 야자수처럼

그는 영원한 아웃사이더
너랑 어깨동무한 적 없다.
늘 해맑은 순수와
절대 고독을 지녀
한 그루 야자수처럼
검붉은 노을을 지고 섰다.

사막시편

−고진감래 苦盡甘來

고야 고야 고야 고야 나뱅이보다 많은 고야.

감아 감아 문뎅이 감아 네 어디메 숨었는가 하마 온다 하
마 온다 날은 몇천 번 새고 지고 길을 잘못 들었는가 오다
가 뒤비져 죽었는가 오기만 오면 목을 잡고 쳐 죽이고 싶은
감아 이내 가슴 석탄 토탄 다 타도록 기척 없고 그놈의 새
벽은 엉금엉금 어김없이 기어 오는데 철천지웬수 놈아 제
발 내 앞에 나서보라!

밤사이 외등 벽면에 허옇게 붙은 나뱅이 고야.

3부

사막시편

-강아지풀

비 한 방울 오지 않는
사막 바위 틈서리
말라 죽은 강아지풀을
바람이 흔들고 간다.
꽃 피워 섬겨준 하늘
고요로 감싸주느니.

사막시편

—사막거북

바다에서 쫓겨난 건지, 사막으로 유배 온 건지
도무지 종잡을 수 없는 사막거북이 살고 있다.
처절한 고통의 땅을 고향으로 삼아 살고 있다.

나도 뜨거운 바위 밑 고개 처박고 살겠다고
이 꼴 저 꼴 안 보고 바위처럼 살겠다고
열사의 사막에 와서 농사꾼이 되었더란다.

백 년을 산다는 너 거북이 견디고 살아남은 데는
촌수로 치면 증조할배뻘쯤 아닌가 싶다.
장하다, 견디고 살아남은 네게 큰절을 하고 싶다.

사막시편

-100전 99패 1승

99번 패하고도
용기를 잃지 않는 것
그게 악다구니
참전사라 할 수 있네.
마지막 한 번만 이기면
다 이긴 것 되느니.

넘어지고 자빠지고
엎어지고 깨어지고
'엘리 엘리~' 그 호소도
닿을 곳이 없는 땅에
전사야, 고통을 딛고 선
네 상처가 훈장이니라.

사막시편

─데스밸리*

구름 떼같이 사람들은
서西로 서로 몰려갔다.
앞서 간 무리들의
그림자를 뒤쫓아서
도라도 엘도라도**여!
떼구름을 이루었다.

황금에 홀려 날뛰던 골짜기
그들은 다들 어디로 갔나.
파시罷市 그 후로는
무거운 고요만 내려앉아
이제는 서천 하늘이
남은 황금을 걸었네.

그날 성시盛市를 이룬 인파
마차가 떠난 자리
간혹 고요를 흔들던

불빛도 저물고 나면
별 떨기 휘황한 보석밭
하늘 저자를 열었다.

죽음이 한 식솔로
늘 곁에 자리하는
길은 결국 하늘로
뻗어나간 붉은 땅에
먼지 낀 번뇌를 헹구는
사막바람이 맵다.

* Death Valley, 죽음의 계곡. 캘리포니아 동쪽 네바다 주 경계에 위치한
  금광이 많던 사막지대.
** El Dorado, 금은보화가 가득하다는 전설의 땅.

사막시편

−고백

예전에는 내가 순백의 선善인 줄만 알았다.
요즘은 낮고 더 낮은 사막 농부가 되었어라.
너 이놈 새까만 석탄 덩어리, 막 원석으로 캐어놓은!

사막시편

−바보 농부

본 적도 없고 들은 적도 없고 말도 안 통하는 그곳
한 이십오 년쯤 그곳에 빈손으로 들어갔단다.
꼴머슴 산 적도 없는 내가 빈손으로 들어갔더란다.

미쳤지, 진짜 미쳤지, 어쩜 그럴 수가 있는가.
파일럿은 왜 치우고 사막 농부가 웬 말이냐.
그때는 죽으러 갔지, 살러 간 것은 아니란다.

요렇게 죽지도 않고 그래도 괜찮은 농부가 되어
시도 쓰고 할 일 더 많아 아직 꿈꾸고 있잖아.
용기가 죽을 용기가 없던 난 그래 바보 농부란다.

사막시편

−사막 송장메뚜기

한 몸 붙일 곳 없던 메뚜기 사막으로 흘러왔네.

추위 추위 모진 추위 밤새 새파랗게 얼린 추위 더위 더위 목 타는 더위 덤불 뿌리 태우는 더위 모질디모진 선인장도 내 못살아 철갑 입고 바싹 마른 까투리는 땅속으로 기어들고 흉흉하네 독수리는 허공중에 비잉빙 돌고 배고픈 코요테는 달 보고 우지짖고 용케 용케 살았다만 긴긴 낮밤 또 어이 살꼬.

황토 빛 위장망 쓰고
땅에 배 깔고 사노라네.

사막시편

－사막은 가슴을 열고

설움도 울분도 그까짓 오기도 모두

실없는 허명마저 다 버리고 나면

그때사 비로소 사막은 가슴 열고 반기네.

사막시편

−사막은 행복하다

아마 불행할지도 몰라, 미루어 짐작하지 마라.
비우고 마음 텅 비우고 고요에 귀 기울이는
사막은 신령한 영기靈氣가 그득하게 고여 있다.

이곳의 바위, 이곳의 모래, 이곳의 모든 것들이
살아 있든 죽어 있든 존재하는 모든 사물이
은밀히 저들만의 언어로 교류하고 있거니.

세상의 얇은 잣대로 사막을 재지 마라.
사막은 행복하다, 행복이 넘치는 곳이다.
마음을 텅 비운 자만을 가슴 열고 반긴다.

사막시편

−생과 사

이곳의 무생물은
있는 그대로 숭고하다.
살다가 죽은 것은
그 여정이 눈부시고
아직도 숨 쉬는 모두는
그 투쟁이 거룩하다.

사막시편

—슬픔이 너무 크면

슬픔이 너무 크면
눈물도 마르고 만다.
눈물은 영혼의 사치
기댈 수 있어야 눈물도 있다.
기댈 곳 절망뿐이어라,
물 한 방울 없는 사막.

사막시편

−시원의 사막

애당초 사막은 없었네.
그런 곳 지구에 없었네.
무진장 묻힌 석유를 보라.
그곳은 엄청난 밀림이었네.
네 사랑 물기가 마를 때
사막이 시작되었네.

사막시편

−유배

다산茶山이 그러하듯
난 분명 유배를 왔는데
꽃은 왜 저리 붉고
잎은 왜 저리 푸른가.
그 예쁜 박새가 추녀 밑에
둥지 틀고 사는 천국.

운명이 운명 밖으로
유배를 보낸 건 틀림없네.
삼십 년 열사熱沙의 땅에
내가 무얼 갈고耕作 있나.
처절한 절망이 다하면
활짝 피어난 소금꽃.

사막시편

-우기雨期의 시

번쩍 우르르 꽝~ 항공전을 시작한다.
이윽고 죽었던 사막이 놀라 깨어났는지
온 산이 초록 물결로 술렁대고 있네.

거짓말처럼 거짓말처럼 온 사막이 일어서고
솜사탕 구름에 홀려 죽었던 혼들이 살아나고
한바탕 나비와 벌들의 축제가 시작되었네.

독수리는 까마득 높이 비잉빙 돌고
온갖 벌레들 우르르 쏟아져 나오는
사막은 졸음에 겨운 아지랑이 혼이다.

사막 우기에는 다시 시인이 된다.
무딘 감정 거친 생각은 멀리 사라져서
떨리는 가슴을 가누고 사막 벌로 나선다.

4부

사막시편
−산신령 구름

내 죽어 산 위에 사는 산신령 구름 되고 싶다.
산 위에 그 모양 닮은 흰 구름 산 피워놓고
가끔은 번쩍 우르르~ 비룡飛龍 허리도 타며 놀고.

사막시편
−하늘 별밭에 열린 별을

키다리 나무가 별을 딴다.
발돋움해 별을 딴다.
잘 익은 감을 따듯
장대 들고 별을 딴다.
지금 막 별이 굴렀다.
쉬, 아무 말 마라!

사막시편

-달

지운 줄, 잊은 줄 알았는데
그게 아니었나 보지.
그믐께 사윈 달이
만월 되어 찾아왔네.
그것도 지구랑 가장 가까운
가장 밝은 달이 되어.

난 이제 숨을 곳 없네,
환하게 다가온 너의 얼굴
가슴속 죄의 골짜기
속속들이 다 펼쳐놓고
웃는 듯 우는 돌부처
그 얼굴로 널 본다네.

사막시편

－라 빨라빠* 지붕 아래

야자수 잎으로 엮은 지붕 아래 누워 지내는
오늘은 세상에서 내가 가장 낮은 사람
그러나 마음이 부자라서 부러운 곳이 없다네.

* La Palapa. 야자수 잎으로 이은 지붕.

70

사막시편

– 모래시계

내가 게으름 피워 마냥 흘려보낸 시간
손가락 사이 모래알처럼 절로 빠져나간 시간
그 많은 시간들이 우르르~ 쏟아지고 있네.

사막시편

― 비락 飛落

풍풍 연기를 내며
빙글빙글 추락하다.
평, 하며 산산조각이 나
우르르 쏟아진다.
아니야, 아니야, 아니야
외치다가 꿈을 깬다.

사막시편

－세족洗足

바다는 사막의 발가락을 씻어주고 있고
사막은 바닷물에 찰랑찰랑 발 담그며 놀고
끝없이 되풀이하는 둘 사이는 좋은 이웃.

사막시편
−쌍무지개 뜨는 곳

죽어라, 죽어라 하는 법이
세상에 어디 있니?
다 죽은 사막에도
쌍무지개 뜬다는데
가보자, 절망 말고 가보자.
쌍무지개 뜨는 그곳.

사막시편

－외로운 사이프러스Cyprus

바닷속에도 무슨 분한 일이 그리 많은지
파도는 자지러질 듯 절벽을 치며 오르고
한 그루 사이프러스 그걸 굽어보고 있네.

누가 이름 지었는가, '외로운 사이프러스'.
이젠 그 고장 물개마냥 유명해진 사이프러스.
저 홀로 외로움을 새길 여유조차 없구나.

한 백 년쯤 되었는가, 짠 바닷물 해조음 소리
끼룩끼룩 갈매기며 물개들의 나팔 소리
더불어 외롭지 않은 그 바다를 우러르고 있다.

사막시편
-지옥 하늘 비행사

지옥에도 하늘이 있더라.
나는 이미 그곳을 날았다.
그래서 내 이름은
지옥 하늘 비행사
이미 난 그곳 천둥 번개를
꿰뚫고 날아왔나니.

사막시편
– 죽고 싶은가?

죽고 싶은가, 그러나 진짜 죽지는 말게.
개똥밭에 살아도 이승이 낫다고 하고
태양은 칠흑 석 점에도 솟아나고 있단다.

사막시편

―파랑새

오지 않는 파랑새를 기다릴 때가 있다.
한없는 세월을 흘리며 기다릴 때가 있다.
혹시나, 혹시나 하고 바라볼 때가 있다.

사막시편
–메추리 가족

오늘은 아침부터 메추리 가족이 찾아왔다.
엄마 메추리 아빠 메추리 종종종 새끼 메추리들
나 홀로 집 지키는데 메추리 가족이 주인 같다.

나는 이곳의 침입자, 울타리를 둘렀지만
원래 이곳 주인은 너희들임을 알고 있다.
종종종, 꾸룩 꾸루룩 산보를 나왔나 보다.

사막시편
-가슴을 열면

가슴을 닫으면 어느 곳 저 혼자 외톨이고
가슴을 열면 온 세상 누구나 친구 되고
인종과 국경 따로 없어라, 네가 활짝 웃는 그곳.

5부

사막시편

−무소처럼

뿔 하나
허공을 가누고
제 그림자 더불어 달려라!

사막시편

— 가시연꽃

세상에!
연꽃도 가시가 있구나,
냉큼 먹지 말게나.

사막시편

–먼동 무렵

눈뜨자

은은한 새소리

장자莊子의 꿈속 같은.

사막시편
−페이스북 속의 고향

그 속에
고향이 있다,
떼까마귀 우르르 모여드는.

사막시편

−고향 까마귀

만나서
무지 반갑구나,
간이라도 떼어주고 싶네.

사막시편

−파피꽃

저세상
꿈속의 나비 떼
황금빛 물결의 춤.

사막시편

- 개불알꽃

누군가
작명을 잘못했다.
미안하다,
사파이어꽃.

사막시편
―사막 울음소리

제 속이 깊어져 갈 때
울음소리
스미고.

사막시편

-독수리

날개 밑
펼쳐진 사막
그가 다스리는 원의 세상.

사막시편
-감사하네, 저 모든 것

오로지 감사할 일만
남아 있는 저 사막.

사막 속의 고향, 그 황홀한 반전 드라마

황치복 **문학평론가**

1. 아웃사이더의 독기

　김호길 시인의 사막시편으로 이루어진 이번 시조집을 조감해보면 어떤 극적 스토리와 같은 것을 발견할 수 있다. 사막의 드라마라고 할 수 있을 듯한 서사 구조, 즉 사막으로 유배를 떠날 수밖에 없었던 필연성과 위기, 그리고 극적인 반전과 같은 요소들이 어우러져 한 편의 서사시를 형성하고 있는 듯한 이면적 구조를 발견할 수 있는 것이다. 그런데 이와 같은 한 편의 거대한 서사시가 우리 시단에서는 낯선 사막을 배경으로 해서 펼쳐지고 있다는 점에서 이채로운 빛을 띠고 있다. 여기서 시적 배경을 이루고 있는 사막은 피상적으로 그 표면만을 훑고 마는 여행의 경험적 대상이 아니라 삶의 근거지로 작용하고 있다는 점에서 그 체험과 정서가 명실상부한 감동의 원천이 되고 있다.

사막을 주제로 한 시편들 가운데 시인이 사막으로 들어갈 수밖에 없는 필연성과 이유를 보여주는 작품들이 있다. 대체로 그러한 작품들은 방외인方外人 의식, 혹은 아웃사이더 outsider 의식으로 충만해 있으며, 독기와 오기 같은 의지적인 정서에 충만해 있다. 물론 이러한 정동affect과 의식은 사막의 삶을 견디기 위한 과정에서 자연스럽게 발생한 것이라고 해석할 수도 있지만, 동시에 그러한 아웃사이더 의식과 오기 같은 저항 의식과 대결 의식이 시인을 극한의 긴장과 갈등 공간으로 내몰았다고 해석할 수도 있을 것이다.

그를 곧추세운 것은
언제나 꼿꼿한 오기
흔들리는 방울 소리는
제 영혼을 깨우나니
저 홀로 저를 다스려
독주머니 끼고 다닌다.
―「사막시편―방울뱀」 전문

기어 다니는 것이 숙명인 방울뱀이 곧추서 있다. 시인은 그러한 반숙명적 성향을 "꼿꼿한 오기"라고 해석한다. 시적 논리에 의하면 오기로 인해서 방울뱀은 자신을 다스리기 위해 "독주머니"를 "끼고 다닌다". 그런데 방울뱀은 무엇 때문에 오기를 부리는 것일까? 시인은 그것을 "제 영혼을 깨우"기 위함이라고 암시한다. 방울뱀이 오기를 부리며 독주머니를 차고 있는 것은 자신의 잠들어 있는 영혼을 깨우기 위함인 것이다. 그런데 영혼을 깨운다는 것이 구체적으로 무엇을 의미하는지 추상적이어서 구체적 실체를 잡기는 어렵다. 다음 작품이 이에 대한 해답을 제공한다.

햇볕과 바람 그 무엇도 날 붙잡지 말아라.
손바닥엔 가시가 있고 가슴엔 비수를 품고 있다.
전갈의 매서운 독毒도 주머니 가득 들어 있다.

내가 하늘을 향해 하얗게 춤추는 것은
무량한 자유가 무엇인지 하늘에 고하는 의식
그냥 그 신들린 춤을 멀리서 바라만 보게나.
—「사막시편—억새」 전문

가을날 바람에 이리저리 흔들리는 '억새'를 시화하고 있는데, 시적 화자의 분신에 해당되는 연약한 억새에서 시인은 "가시"와 "비수", 그리고 "독毒"을 발견한다. 그런데 연약한 억새가 그와 같은 무기들로 무장해 있는 것은 자신을 방해하는 세력들로부터 자신을 지키기 위해서이다. 햇볕과 바람과 같은 것들이 자신을 붙잡고 방해하는 것을 방지하기 위한 것이다. 그렇다면 억새는 그것들로부터 벗어나서 무엇을 지향하고자 하는 것일까? '무한량의 자유'라고 할 수 있다. 억새는 "하늘을 향해" 춤을 추는데, 시인은 그러한 춤이 '무한량의 자유'를 "하늘에 고하는 의식"이라고 진술한다. 그런데이 춤은 일망무제의 무한한 하늘을 배경으로 해서 펼쳐지고 있으며, "하얗게 춤추는 것"이며, 또한 "신들린 춤"이라는점에서 어떤 절대적 경지를 의미한다. 잡다한 의식의 개입이나 색깔의 오염이 없는 무념무상의 춤이기에 그 춤은 "무량한 자유"를 표상할 수 있을 것이다. 결국 시인이 깨우고자하는 영혼이란 무량한 자유와 같은 절대적 자유의 경지라고할 수 있으며, 이를 위해서 시인은 오기와 독기, 그리고 가시와 비수로 무장을 하고 있는 것이다. 그러나 무량한 자유와같은 절대적 자유는 결코 현실에서 이루어질 수 없을 것이다. 유한한 존재인 인간에게 절대적 자유는 그야말로 어디에도 없는 '유토피아'와 같은 것이기 때문이다. 따라서 이와 같은 극단적인 자유의 경지나 영혼의 각성을 지향하는 것은 시인의 의식에서 지금, 여기의 삶의 조건을 부정하는 심리적 기제로 작동할 수밖에 없을 것이다. 그럴 때 시인은 이방인 의식, 혹은 아웃사이더 의식에 사로잡히게 된다.

> 그는 영원한 아웃사이더
> 너랑 어깨동무한 적 없다.
> 늘 해맑은 순수와
> 절대 고독을 지녀
> 한 그루 야자수처럼
> 검붉은 노을을 지고 섰다.
> ―「사막시편―한 그루 야자수처럼」 전문

시인은 한 그루의 야자수를 가리켜 "영원한 아웃사이더"라고 명명하면서 "너랑 어깨동무한 적 없다"고 고백한다. 여기서 "너"는 유한하고 타락한 가치만을 강요하는 현실 자체를 함축하는데, 그것은 야자수가 지향하는 "해맑은 순수"와 대립된다는 점에서 배척과 대립의 대상이 된다. 그런데 세상에는 야자수가 추구하는 해맑은 순수가 존재할 수 없다는 점에서 시인은 "절대 고독"을 지닐 수밖에 없다. 이때의 절대고독이란 세속적 가치와 대립하는 시인이 감내할 수밖에 없는 정서적 상태이면서 동시에 시인의 의지적 선택에 의해 자

발적으로 회득하고자 하는 가치라는 점에서 역설적 성격을
지니고 있다. 시인이 굳이 "절대 고독을 지녀"라고 표현함으
로써 그것을 자신의 한 속성으로 삼고자 하는 의지를 표명해
놓고 있기 때문이다. "검붉은 노을"을 배경으로 홀로 서 있
는 야자수란 곧 절대 고독 속에서 절대적 자유와 해맑은 영
혼을 간직하고자 하는 시인의 강렬한 열망을 대변해주고 있
는 환유적 등가물이라고 할 수 있다. 아마도 시인이 감내하
고 지향하는 절대 고독이야말로 시인을 사막으로 내몬 가장
강력한 원천이었을 것이다. 그러한 정서적 상태는 시인의 이
방인 의식을 강화하여 정처 없는 유랑의 길을 나서게 할 수
밖에 없기 때문이다.

　난 아마 몇억 광년 밖
　먼 별나라 사람.
　고국에서 늘 이방인
　이국에도 늘 이방인
　빛 긋는 유성이 되어
　또 떠나는 꿈을 꾼다.
　　─「사막시편─유성」 전문

　시인은 스스로를 "몇억 광년 밖 / 먼 별나라 사람"이라고

규정하고 있다. 이러한 의식이야말로 세속적 가치와 조건에서 벗어나고자 하는 극단적인 결단의 산물이자 '절대 고독'을 지향하는 시인의 의지를 대변해주고 있다. 그러나 이와 같은 현실 초월적인 의식은 결국 현실로부터 외면받고 있다는 소외 의식을 자극하게 된다. 시인이 "고국에서 늘 이방인 / 이국에도 늘 이방인"이라고 토로하는 것은 이와 같은 심리적 과정의 산물이라고 하겠다. 반세속적인 '해맑은 영혼'과 '절대 자유'의 경지란 자신의 삶의 터전에서 발견할 수 없지만, 그렇다고 타국이라고 해서 사정이 크게 달라지지는 않을 것이다. 세상은 세속적 사람들의 가치에 의해 구축된 것이기에 그러한 공간 속으로 들어간다는 것은 결국 갈등과 긴장의 씨앗을 언제나 잉태할 수밖에 없기 때문이다.

그렇게 될 때 시인은 "빛 긋는 유성이 되어 / 또 떠나는 꿈을" 꾸게 된다. '절대 자유'와 '순수 영혼'이라는 유토피아를 추구하는 시인의 영혼이 정착할 수 있는 곳을 발견하기는 쉽지 않다. 그렇기 때문에 목표는 항상 지연되게 되고, 욕망은 더욱더 결핍의 상태에 빠져들게 된다. 그리하여 정처 없는 유성과 같은 유랑의 형식이 삶의 형식으로 등장하게 되는 것이다. 이와 같은 맥락에서 김호길이 사막으로 유랑을 떠나게 되는 과정은 필연적 과정이었음을 이해할 수 있다. 세속적 가치와 타협할 수 있는 그의 영혼이 갈 수 있는 곳이란 문명의 틈입을 허용하지 않는 순수 고독의 공간, 사막이 가장 적절한 영혼의 귀의처가 될 수 있기 때문이다.

2. 사막, 삶과 죽음의 극한

절대 고독이 인도한 사막이란 시인에게 어떻게 수용되는가? 우선 그것은 삶과 죽음이 공존하는 극한의 공간으로 인식된다. 사막이란 극단의 추위와 더위가 공존하는 공간(「사막시편-사막 송장메뚜기」)으로 인간의 삶에 대해서 시원적이고 본질적으로 접근하도록 해준다. 그곳은 어떠한 문명적 흔적이 없으며, 그야말로 순수한 자연의 광활한 시공만이 펼쳐져 있어 삶과 죽음의 자연적 의미가 가장 선명히 부각되는 곳이기도 하다. 즉, 사막의 생과 사는 모두 가열한 투쟁의 산물이기 때문에 "있는 그대로 숭고"(「사막시편-생과 사」)할 수 있는 것이다. 이러한 사막에서 시인은 절대 고독의 구상적인 의미를 터득하게 된다. 앞서 분석한 '절대 자유'와 '절대 고독'의 경지가 하나의 이상으로 상상되는 것이 아니라 현실적 체험으로 구체적인 육신을 입게 되는 것이다.

비 한 방울 오지 않는

사막 바위 틈서리
말라 죽은 강아지풀을
바람이 흔들고 간다.
꽃 피워 섬겨준 하늘
고요로 감싸주느니.
　　　─「사막시편─강아지풀」 전문

　우리나라 전역에서 지천으로 피어 있는 강아지풀을 노래하고 있다. 사막에서의 생존이란 어려운 것이어서 강아지풀 한 포기조차 의미 있는 생명현상으로 부각되고 있다고 하겠다. 이 시에서 강아지풀의 생존 환경은 지극히 열악하다. "바위 틈서리"에 뿌리를 내리고 있는 강아지풀은 "비 한 방울 오지 않는" 극한의 생존 조건에서 어렵게 한 생을 영위하다 시들었다. 강아지풀이 뿌리를 내린 바위 틈서리는 사막에서의 생명이 존재하기 위한 치열한 투쟁의 현장이라고 할 수 있는데, 그 생명이 어려운 꽃을 피우고 이제 시들고 있는 것이다.

　비 한 방울 내리지 않는 하늘은 뭇 생명을 잉태시키는 하늘이 아니다. 그것은 억새에게 '무량한 자유'를 환기하던 그런 자유나 이상의 공간도 아니다. 그야말로 불모의 하늘이라고 할 수 있다. 그런데 시적 화자가 보기에 강아지풀은 오히려 꽃을 피워 그러한 하늘을 섬긴다. 하늘은 어려운 한 생을 영위하다 시든 죽음에 대해 "고요"로 감싸줄 수 있을 뿐이다. 고요 속에서 물기를 발견하기는 어렵다. 그것은 태곳적 시원의 모습을 간직하고 있겠지만, 생명의 질서와 생명의 원리를 내포하고 있지는 않다. 한 생명의 죽음에 대해 바치는 '고요'라는 만가輓歌는 인간적 의미에서 슬픔의 극한이라 할 만하다.

> 슬픔이 너무 크면
> 눈물도 마르고 만다.
> 눈물은 영혼의 사치
> 기댈 수 있어야 눈물도 있다.
> 기댈 곳 절망뿐이어라,
> 물 한 방울 없는 사막.
> ─「사막시편─슬픔이 너무 크면」 전문

눈물은 슬픔의 정서를 정화하고 새로운 희망의 동력을 얻기 위한 기제로서의 역할을 담당한다. 따라서 눈물은 슬픔을 극복하고 새로운 삶의 원천을 얻기 위해 치르는 대가인 셈이다. 하지만 슬픔이 극한에 이르면 "눈물도 마르고 만다". 시적 화자가 보기에 사막에서의 "눈물은 영혼의 사치"이다. 왜냐하면 사막은 슬픔이 자신을 위로할 어떠한 계기도 발견할 수 없으며, 희망의 계기를 마련할 어떠한 실마리도 발견할 수 없기 때문이다. 그리하여 슬픔은 "절망"에 기대게 된다.

슬픔이 절망에 기대게 된다는 것은 무엇을 의미할 수 있을까? 그것은 슬픔이 슬픔에 좀 더 정직해지는 정신적 각성을 의미할 수 있다. 절망에 기댄다는 것은 얄팍한 눈물을 통해 슬픔을 무화하지 않고 슬픔의 상황을 자기의 것으로 받아들이고 그것을 생존의 힘으로 삼는 것이다. 따라서 그것은 냉철한 상황 판단과 현실에 대한 직시를 전제하며, 모든 낭만적 환상을 파기한다. 그렇기 때문에 이제 '해맑은 순수'에 대한 관심은 사라지고 '영혼의 사치'가 문제의 전면으로 등장한다. 이러한 시적 상황에서 시인은 그야말로 '절대 고독'의 진정한 의미를 체득하고 있다고 평가할 수 있다. "물 한 방울 없는 사막"은 생명의 근원으로서의 물기가 없는 것이기도 하지만, 인간적 온기나 온정에서 야기되는 정서적 물기 또한 철저히 고갈된 그러한 상황이기 때문이다. 절대 고독에 대한 실체적 진실에의 접근에서 다음과 같은 아름다운 시조 작품들이 탄생한다.

기댈 곳 절망뿐일 때
절망에라도 기대야지.
구름이 석양에 기대듯
서산이 노을에 기대듯
기댈 곳 지푸라기도 없을 때

너 절망 품에 기대야지.
―「사막시편―절망에 기대어」 전문

절망이 산만큼 높고

절망이 하늘에 닿을 때

큰 절망 작은 절망

까마득 불러들여

그렇게 어깨동무하네,

그래서 장엄莊嚴할 수 있네.
―「사막시편―절망이 절망에게」 전문

「사막시편―절망에 기대어」라는 작품은 절망에 기댄다는 것의 의미에 대해서 해명해주고 있다. 시적 논리에 의하면 절망에 기댄다는 것은 "구름이 석양에 기대듯 / 서산이 노을에 기대듯" 기댄다는 것이다. 그러니까 절망에 기댄다는 것은 모든 인간적 욕망에서 벗어나 자연의 원리에 순응하는 것을 의미할 것이다. 구름이 석양에 기대고 서산이 노을에 기대는 기댐의 작용에서 어떤 목적이나 인위적 의도를 발견하기는 어렵다. 그것들은 하나의 자연의 원리에 의해서 그처럼 배치를 이루는 것이다. 그러니까 시적 화자가 절망에 기댄다고 표현할 때, 그 기댐은 자연의 순리에 자신을 맡기는 행위라고 해석할 수 있다. 또한 시적 화자가 절망에 기댄다고 할 때, 그 기댐은 기댐이 아니라 절망의 옆에 나란히 위치하는 것, 혹은 절망과 유대를 이룸으로써 모든 가식과 허위를 절단하는 것을 의미한다. 그 어떤 헛된 희망이나 간교가 틈입할 수 없는 절대 고독의 경지에 이르는 것이다. 그럴 때 절망은 장엄한 것으로 변화될 수 있다.

「사막시편－절망이 절망에게」라는 작품에서는 이와 같은 절망이 쌓여 이룩한 장엄한 아름다움을 사유하고 있다. 절망은 절망에 기대고, 그러한 절망들이 쌓여 산을 이루고 하늘에 닿는다. "큰 절망 작은 절망" 등이 모여 절망의 산을 이루고 그 산이 하늘에 닿게 되는 것이다. 시인은 그러한 절망의 산을 "장엄莊嚴"하다고 표현한다. 여기서 장엄하다는 것은 인간적인 의미에서 영웅적 행위나 숭고한 행위를 지칭하는 것은 아니다. 그것은 극단적인 비인간적 상황에서 야기된 장엄이라고 할 수 있으며, 그렇기 때문에 철저한 안티－휴머니즘의 정신에 기반을 두고 있다고 할 수 있다. 인간적 온기나 인간적 희망이 철저히 배제된 비인간적 상황은 인간을 압도하고, 그것은 장엄한 광경이 될 수 있는 것이다. 사실 이러한 절망의 산이란 물기 하나 없는 자잘한 모래로 이룩된 사막 그 자체를 형상화한 것이라고 할 수도 있는데, 거대한 구릉을 이루고 있는 사막의 형상은 장엄함 그 자체를 연상케 한다.

하지만 여기서 중요한 것은 시인이 그러한 절망의 산인 사막을 장엄하다고 인식하고 있다는 것이다. 시인이 무수한 절망의 축적으로 이룩된 절망의 산을 장엄하다고 평가하는 것은 곧 인간적 논리를 초극해서 자연의 논리로 세상을 관조하게 되었다는 것을 의미하기 때문이다. 즉, 모든 인간적 욕망에서 초연해져 사태를 있는 그대로 수용할 수 있는 마음을 지니게 된 것이다. 이러한 자기 포기와 내려놓음으로 인해서 시인은 새로운 반전의 계기를 마련하게 된다. 절망의 극한에서 시인은 사막의 내밀한 세계와 가치에 대해 눈을 뜨게 되는 것이다.

3. 포용과 생명, 사막의 내밀한 속살

설움도 울분도 그까짓 오기도 모두
실없는 허명마저 다 버리고 나면
그때사 비로소 사막은 가슴 열고 반기네.
—「사막시편―사막은 가슴을 열고」 전문

글의 서두에서 살펴보았던 '오기'나 '허명' 등의 인간적 가치들이 이제 부질없는 것으로 부정되고 있다. '설움'과 '울분'이라는 인간적인 원한 감정 또한 무가치한 것으로 폐기된다.

그렇게 되자 "비로소 사막은 가슴 열고 반기"게 된다. 시인은 사막이 비로소 가슴을 열고 반긴다고 표현하고 있지만, 방향을 거꾸로 해서 비로소 시인이 가슴을 열고 사막을 받아들이게 되었다고 해석해도 크게 무리는 없을 것이다. 설움과 울분, 그리고 오기와 허명과 같은 인간적인 가치와 감정에서 자유로워질 때 사막이 품고 있는 자연적 섭리와 원리를 수용할 수 있기 때문이다. 물론 사막이 비로소 가슴을 열고 반긴다는 표현은 글자 그대로 시인이 사막의 공간에 수용되어 그에 맞는 삶을 영위하게 되었다는 것을 의미하기도 한다. 어느 경우든지 가슴 열고 받아들인 사막은 곧 인간적 가치에서 벗어나 진정한 자연의 섭리를 실현하게 되었음을 암시하고 있다.

아마 불행할지도 몰라, 미루어 짐작하지 마라.
비우고 마음 텅 비우고 고요에 귀 기울이는
사막은 신령한 영기靈氣가 그득하게 고여 있다.

이곳의 바위, 이곳의 모래, 이곳의 모든 것들이
살아 있든 죽어 있든 존재하는 모든 사물이
은밀히 저들만의 언어로 교류하고 있거니.

세상의 얇은 잣대로 사막을 재지 마라.

사막은 행복하다, 행복이 넘치는 곳이다.
마음을 텅 비운 자만을 가슴 열고 반긴다.
　―「사막시편―사막은 행복하다」 전문

　인간적 가치에서 벗어나 사막의 목소리에 귀 기울이면 사
막의 내밀한 속살을 확인할 수 있다는 것, 사막은 "신령한
영기靈氣"로 가득 차 있다는 것, 그리고 사막에 존재하는 모
든 존재들은 내밀한 언어를 통해 소통하고 있다는 것 등을
잔잔한 어조로 토로하고 있다. 물론 이러한 발견과 깨달음은
인간적 가치를 "다 버리고 나"서 터득한 것이겠는데, 그렇기
때문에 시인은 주체적으로 바라보지 않고 그들의 목소리에
수동적으로 귀를 기울이고 있다. 자신의 내면적 욕망과 신념
을 주장하는 태도에서 벗어나 타자의 목소리에 귀를 기울이
게 된 것이다. 그런데 그토록 사막의 절망에 대해 노래했던
시인이 이제 "사막은 행복하다, 행복이 넘치는 곳이다"라고
규정한다. 물 한 방울 없는 사막, 절망에 기댈 수밖에 없는
사막이 어찌하여 행복한 공간이 될 수 있는 것인가? 그러한
까닭은 이 작품에서 여러 차례 반복되고 있는 '비우다'라는
시어에서 발견할 수 있다. "비우고 마음 텅 비우고" 사막을
대하기 때문에, "마음을 텅 비운 자만을 가슴 열고 반기"는
곳이 사막이기 때문에 사막은 행복이 넘치는 곳일 수 있는

것이다. 관심을 가지고 세밀히 살펴보면, 사막에는 '사막거북'이 백 년을 살아가고 있으며, '사막 송장메뚜기' 또한 모진 추위와 더위를 견디며 "황토 빛 위장망 쓰고 / 땅에 배 깔고"(「사막시편−사막 송장메뚜기」) 살아가고 있다.

생명현상이 영위되기 때문에 사막이 행복한 것만은 아니다. 사막의 바위와 모래 등의 죽어 있는 사물들은 살아 있는 존재들과 끊임없이 "저들만의 언어로 교류하고 있"다. 그렇기 때문에 사막은 신령한 영기靈氣로 가득 찰 수 있다. 그리고 그러한 내밀한 소통에 참여하게 된 시인 또한 신령한 영기의 일부가 된 것이라고 할 수 있다. 그렇기 때문에 사막은 "행복이 넘치는 곳"이라는 역설적인 진실이 성립할 수 있는 것이다. 사막은 삶과 죽음이 교차하면서, 또는 삶과 죽음이 서로 교류하면서 어떤 질서를 형성하고 있다. 따라서 그곳은 하나의 소우주, 작은 코스모스라고 할 수 있을 것이다. 작은 코스모스의 한 점으로 참여하게 된 시인이 행복을 느낀다는 것은 더 이상 가식이나 수사가 아닐 것이다. 하지만 시인이 사막에서 행복을 느끼게 된 것은 단지 어떤 코스모스의 발견에 국한된 것은 아니다.

이곳의 무생물은
있는 그대로 숭고하다.

살다가 죽은 것은
그 여정이 눈부시고
아직도 숨 쉬는 모두는
그 투쟁이 거룩하다.
　―「사막시편―생과 사」 전문

　시인은 사막을 구성하는 "무생물"은 "숭고하"고, "살다가
죽은 것은" "눈부시고", "숨 쉬는" 생명체는 "거룩하다"고 예
찬한다. 살다가 죽은 것이 눈부신 것은 그 신산한 삶의 고투
과정이 감동을 자아내기 때문일 것이며, 숨 쉬는 모든 것이
거룩한 것은 생존을 위한 그들의 가열한 투쟁이 눈물겹기 때
문일 것이다. 그리하여 사막에서 존재하는 모든 것은 숭고하
게 되는데, 어느 것 하나 쉽게 존재하는 것이 없고 온갖 간난
신고를 통해서 가까스로 존재하는 것이기 때문이다. 따라서
모든 존재는 빛을 내게 되며, 그 자체가 하나의 가치가 된다.
　사막이 행복한 이유도 여기에 있을 것이다. 최소한의 욕
망만이 허용되는 곳, 그리하여 존재 자체가 하나의 의미로
다가오는 곳이 사막이기 때문이다. 즉, 사막은 존재 자체에
서 행복을 끌어낼 수 있는 그러한 생존 공간인 셈이다. 살아
있다는 것 자체가 하나의 행복으로 다가오기 때문에 사막은
행복이 넘치는 곳이다. 즉, 생존의 의미와 삶의 가치에 대한

토대를 제공하고 있기 때문에 사막은 행복한 곳일 수 있는 것이다.

4. 시원의 사막, 혹은 고향의 회복

우리는 지금까지 김호길 시인이 사막의 생존 조건으로 들어갈 수밖에 없었던 필연적 이유와, 삶과 죽음의 극한에서 절망을 통해 비움의 의미를 터득하고 비움을 통해 존재의 의미를 터득하게 되는 과정을 살펴본 셈이다. 이러한 과정은 치열한 모색과 고투의 과정이었으며, 극적인 과정이기도 했다. 결국 시인은 존재 자체가 성스러운 사막의 의미를 발견하게 되면서 생존의 시원에 대한 자각에 이르게 된다. 태초의 생존 조건과 원초적 생명의 의미에 대해 자각하게 된 것이다. 이러한 관심은 결국 인간적 삶의 조건, 인간적 삶의 시원적 조건에 대한 관심으로 시인을 이끌게 된다.

애당초 사막은 없었네.
그런 곳 지구에 없었네.
무진장 묻힌 석유를 보라.
그곳은 엄청난 밀림이었네.

네 사랑 물기가 마를 때

사막이 시작되었네.

　　―「사막시편―시원의 사막」 전문

　이 시조는 표면적으로 사막의 시원을 묻고 있지만, 사실은 인간적 삶의 시원적 조건에 대해 묻고 있다. 생존과 존재만으로 가치를 지니는 사막에서 존재의 시원에 대한 생각이 인간적 삶의 근원적 조건이라는 화두로 이행하고 있는 것이다. 시인은 사막이 애초에 어떻게 생겨났는지에 대해서 질문을 던진다. 시인은 사막이 세계에서 가장 많은 석유의 매장 지대이고, 석유가 유기체의 퇴적물에 기원을 두고 있다는 점에서 사막은 애초에 지구에서 생명 활동이 가장 활발한 "밀림"이었을 것이라고 추정한다. 그리고 그처럼 풍부한 생명 활동으로 넘쳐나던 밀림이 사막으로 변모한 것은 사랑이 메말랐기 때문이라고 추정한다. 밀림과 사막의 가장 근본적인 차이는 "물기"의 차이라고 할 수 있는데, 물기는 앞서 「사막시편―슬픔이 너무 크면」이라는 작품에서 언급한 것처럼 사람과 사람 사이의 온기와 온정 등을 함축하고 있기 때문이다. 결국 이 시는 인간의 최소 생존 조건으로 "사랑"이라는 물기를 제시하고 있는 셈인데, 사랑에 대한 관심은 인간과 인간의 관계에 대한 관심이라는 점에서 공동체에 대한 관심으로 이어진다.

112

왜 그들이 수천 킬로를 내려왔다 올라가는지.
이주지는 무엇이며 다시 고향은 또 무엇인가.
날개 밑 쉬는 그 땅이 어쩌면 고향 아니겠나.

묻지 말아라, 나비에게 그 여행이 무엇인지.
자연의 리듬 따라 그냥 날았을 뿐인데.
가냘픈 목숨을 담보로 그냥 날았을 뿐인데.

날개 밑으로 시간을 보내고 날개 밑으로 지구를 보내고
죽고 사는 그 문제는 어쩌면 본능 밖 아닌가.
나비가 몸으로 그리는 하늘하늘 신비여!
　　―「사막시편―모나크 나비」 전문

　캐나다와 멕시코 사이를 비행하여 6천4백 킬로미터를 왕
복하는 신비한 모나크 나비에 대해서 시화하고 있다. 시적
관심은 신비한 생체리듬에 의해 대륙을 종단하는 작고 여린
모나크 나비의 신비스러운 생리에 맞추어져 있다. 자연의 신
비스러운 법칙에 관심의 초점이 놓여 있는 것이다. "자연의
리듬"을 강조하는 시인의 의도나 "죽고 사는 그 문제"를 "본
능 밖"의 문제로 치부하는 등의 시적 태도는 바로 자연적 섭
리의 위대함을 강조하기 위한 전략이라고 할 수 있다. 하지

만 더욱 주목되는 점은 모나크 나비가 시인에게 "이주지"와 "고향"에 대한 상념을 떠올리게 한다는 것이다. 모나크 나비는 따뜻한 겨울을 나기 위해 캐나다에서 멕시코로 이주한다. 따라서 멕시코는 이주지이며, 캐나다는 고향이라고 할 수 있다. 하지만 모나코 나비에게 그러한 구분이 어떤 의미를 갖기는 어려울 것이다. 죽고 사는 문제를 떠나서 자연의 본성에 따라 이동하는 나비에게 그러한 구분은 크게 중요하지 않기 때문이다. 그럼에도 불구하고 시인은 "날개 밑 쉬는 그 땅이 어쩌면 고향 아니겠나"라고 하면서 은연중 고향에 대한 경사를 드러내고 있다. 고향이란 무엇인가? 모나코 나비를 비롯하여 모든 생명체에게 고향은 안식과 휴식을 주는 땅, 그리고 삶의 온기와 온정을 얻을 수 있는 땅이라고 할 수 있다. 시인은 삶과 죽음이라는 본능을 초월해서 비행하는 모나크 나비를 보면서도 삶의 조건으로서 고향에 천착하는 모습을 보이고 있는데, 이러한 관심은 결국 삶의 시원적 조건에 대한 관심에서 파급된 것이라고 할 수 있다. 사막에서 발견한 삶의 근원적 조건으로서의 물기를 '고향'에서 발견하고자 하는 것이다. 실제로 시인은 이번 사막시편에서 사막의 독수리를 보면서 고향 도랑물의 물방개를 떠올리기도 하고(「사막시편-하늘호수 물방개」), 사막의 조각달을 보면서 고향에서 우물물을 담아 마시던 바가지(「사막시편-조각달」)를 떠올리기

도 한다. 또한 밤 동구 밖에 하얗게 피어 있던 삐삐꽃(「사막
시편-삐삐꽃」)을 연상하기도 한다. 이처럼 김호길의 사막시
편에서 사막에 있는 특정한 사물들은 고향의 사물들과 연결
되어 있다. 이러한 현상은 이주지와 고향의 구분이 무의미하
다는 시적 진술과 달리 시인이 고향에 대한 그리움에 깊이
침윤되어 있다는 사실을 암시해준다. 그리고 그러한 그리움
은 곧 삶의 최소 조건에 대한 자각에 연결되어 있는 것이다.
다음 작품에서 이를 선명히 알 수 있다.

　　손오공이 부처님 손바닥을 벗어날 수 없듯
　　나도 당신의 인력권을 벗어날 수 없구나.
　　달무리 달을 껴안고 비잉빙 돌아가듯.
　　　－「사막시편-관계」 전문

　물론 이 시에서 언급되고 있는 "당신"을 고향이라고 단정
할 수는 없다. 범박하게 말해서 시인이 생각하는 삶의 중심
축, 혹은 생명의 원리를 지칭한다고 할 수 있다. 하지만 지금
까지의 논의 결과를 토대로 추론해볼 때, 여기서 '당신'은 삶
의 근원적 조건인 '물기'이자 '고향'이라고 해도 크게 무리가
없을 것이다. 그렇다면 시인은 모든 관심과 의미의 원동력으
로서 고향에 대해 언급하고 있는 셈이다. 그런데 시인은 자

신과 고향과의 관계를 "달무리"와 "달"의 관계에 비유하고 있다. 달무리는 달이 없으면 존재할 수 없는 것으로서, 달에서 분리되어 독립할 수 없다. 달무리에게 달은 바로 생명의 원천이자 존재의 근원적 토대인 셈이다. 시인에게 고향은 바로 그와 같은 삶의 원천이자 근원적 근거라는 메시지를 전달하고 있는 것이다.

이상에서 우리는 김호길의 사막시편이 그려놓은 한 편의 거대한 서사시적 과정을 되짚어 보았다. 절대적 자유와 영혼의 순수를 꿈꾸고 그것을 지키기 위한 자기 절제로서 오기와 독기를 품을 수밖에 없었던 원인에서부터, 절망에 기댈 수밖에 없었던 사막의 생존 조건, 그리고 절대 고독의 실체적 진실에서 보았던 존재의 의미, 삶의 시원적 근거로서의 물기와 고향의 자각에 이르는 과정은 한 편의 장대한 서사시적 풍모를 보여주고 있었다. 많은 작품에서 볼 수 있었던 대결 의식과 생의 근원에 대한 탐구 의식은 시인의 치열한 삶을 방증해주는 자료일 뿐만 아니라 현대시조의 치열한 현실 대응력을 보여주었다는 점에서 현대시조가 이룬 값진 성과라고 할 수 있다. 무엇보다 우리나라의 지리적 조건에서 경험하기 힘든 '사막' 생활의 체험을 토대로 그러한 작업을 수행했다는 점에서 김호길의 사막시편은 현대시조사에서 이채로운 한 국면으로 기억될 것이다.

흔히 시인들은 상상 속에 존재하는 꿈속 고향이나 무릉도
원 속의 농부를 꿈꾸곤 한다. 채마밭을 일구고 솔바람 소리
를 들으며 앞 냇가에 나가서 천렵을 하고, "유붕자원방래 불
역락호有朋自遠方來 不亦樂乎"라고 친구가 찾아오면 국화주
를 빚었다가 밤새워 유유자적 문학과 인생을 논하며 자연에
순응하는 삶을 그리워한다. 나 역시 그런 꿈을 갖고 있었다.
문학 속에 존재하는 그 이상향이 정말 있는 줄 알았다.

직업 농부가 되려면 자본이 충분해야 하고 또 농업기술에
대한 지식을 어느 정도 갖추어야 하고 무엇보다도 경험이
아주 중요하다. 그러나 그 어떤 한 가지 조건도 갖추지 못한
나 같은 바보 돈키호테가 아는 사람의 말만 믿고 농부가 되
겠다고 시골로 들어갔으니 제대로 될 리 없었다. 영주권도
없이 가족을 데리고 무작정 미국으로 건너간 것이 81년 초,
잠시 언론사에서 일하다가 로스앤젤레스에서 약 한 시간 거
리인 온타리오, 치노, 샌버너디노, 레드랜드 지역으로 들어
간 것이 84년 1월, 그리고 로스앤젤레스에서 1천2백 마일 떨

어진 멕시코의 바하캘리포니아 라파스 근교인 엘까리살이란 동네에서 첫 삽을 뜬 것이 88년, 그러니까 대략 30년 전에 귀농을 시작한 셈이다. 그 사막으로 들어간 뒤 제정신을 겨우 차리고 『바하사막 밀밭에 서서』란 수필집을 낸 것이 2005년이지만 이 『사막시편』이 사실상 도미 이후 첫 번째 엮은 시집으로 볼 수 있다. 그 전에 낸 『수정 목마름』이나 『절정의 꽃』은 대부분 고국에서 쓴 것을 포함하고 있다.

『탈무드』에 제가 침 뱉은 우물물을 자신이 다시 마시게 된다는 얘기가 있다. 나 역시 후회와 본전 생각이 간절하여 비행사인 본업으로 되돌아가고자 했지만 한번 떠난 조국은 나를 환영하지 않았다. 멍청한 사막 농부는 죽지도 살지도 못하는 극한상황에 처박혀 귀양 아닌 귀양살이를 할 수밖에 없었다. 고국은 너무 멀고 농업경영을 위한 자본이 나올 곳은 전무하고 언어는 통하지 않고 미래는 아무것도 보장되지 않는 사막에서 극한의 주어진 삶을 살 수밖에 달리 도리가 없었다.

이 시집에 실린 시들은 그 극한의 하루하루를 이어가는 처절한 삶에 대한 진솔한 고백이다. 피와 땀과 눈물로 엮어낸, 그래서 상처투성이 몸으로 풀어낸 '눈먼 무소처럼 사막 벌을 뒹굴어 오며' 혼자 부른 나의 노래이다. 그렇게 암담했던 세월도 지내놓고 보니 그 시련의 순간순간이 이제는 그리움의 대상이 되고 있다. 지옥도라 생각한 그곳의 삶도 이제 어느 것 하나 아름답지 않은 것이 없다. 아직도 시련은 계속되고 있지만 그것이 나를 점점 더 강하게 만들고 아련한 향수로 다가오고 있다. 나는 스스로 자본주의 농업 경제, 경영 분야에서는 야전사령관쯤 되는 위치에 섰다고 자부하지만 일찍이 꿈꾸어 온 나의 이상향을 훌쩍 다 날려 보내고 말았다.

「두이노의 비가」에서 릴케가 한 얘기처럼 나는 인간이 겪을 수 있는 가장 독한 으뜸의 원고元苦의 광맥 속을 거쳐 나와 그 얘기를 세상 밖으로 전해야 하는 위치에 섰다. 『바하사막 밀밭에 서서』가 첫째 이야기라면 이번은 두 번째 노래쯤 아닐까 싶다. 무진장한 광맥 속에 나를 안내한 운명의 신께 감사드리고 싶은 심정이다. 1천2백 마일이라면 비행기로 두 시간 반 거리이고 차로 쏜살같이 달려서 꼭 이틀이 걸리는 사막의 구절양장 굽잇길을 달리며 살아왔는데 아직도 이렇게 죽지 않고 살아 있는 것이 아무리 생각해도 기적이 아닐 수 없다. 이제 늦가을에 벼이삭이 영글듯 나의 시와 인생도 함께 무르익어야 하는 서릿발 끝자리쯤에 섰다.

―2012년 11월

김호길

119

사막시편

—

초판 1쇄 2012년 12월 1일
지은이 김호길
펴낸이 김영재
펴낸곳 책만드는집

—

주소 서울 마포구 합정동 428−49번지 4층 (121−887)
전화 3142−1585·6
팩스 336−8908
전자우편 chaekjip@naver.com
출판등록 1994년 1월 13일 제10−927호
ⓒ 김호길, 2012

—

ISBN 978−89−7944−416−2 (04810)
ISBN 978−89−7944−354−7 (세트)